RIIKKA JÄNTTI

Eine helfende Pfote

CROCU

Es war Samstagmorgen, und
Mausi war voller Eifer.
„Mama, wach auf!
Ich hab Hunger.“

Mausi und Mama gingen zum
Frühstück. Toastbrot ist ja so lecker!
„Ich möchte eingießen!“,
rief Mausi.

Mausi goss Saft in ein Glas. Hups!
Etwas ging daneben.

„Macht nichts“, sagte Mama
und wischte den Tisch trocken.

„Möchtest du mir mit der
Wäsche helfen?“,
fragte Mama.

„Jaa!“, freute sich Mausi und steckte die Wäsche in die Waschmaschine.

„Jetzt müssen wir ein bisschen putzen, denn du kriegst heute Besuch“, sagte Mama.

„Ich möchte aufwischen!“, rief Mausi,
als Mama den Boden wischte.
„Gleich, warte einen kleinen Moment“,
sagte Mama.

„Jetzt sofort!“, schrie Mausi.

„Gleich“, sagte Mama.

„Jetzt!“, rief Mausi.

Mama wischte eine Ecke sauber
und gab Mausi den Schrubber.
„Hier, für dich.“

Dann war das Klo an der Reihe.

„Ich putze die Kloschüssel“,
verkündete Mausi.

„Fein“, sagte Mama. „Danke,
die ist aber sauber geworden!“

„Weißt du was? Heute gibt es Nudelauflauf", sagte Mama und bereitete die Zutaten vor.

Die Eier und die Milch mussten verrührt werden.
„Darf ich?“, fragte Mausi.

„Nur zu“, sagte Mama.
„Das macht Spaß!“, sagte Mausi und rührte.

Der Nudelauflauf sah sehr
lecker aus.

„Ich mach selbst Ketchup drauf“,
sagte Mausi.
„Aber vorsichtig“, sagte Mama.

PFLURTSCH!

„Oje, das war etwas zu viel!“

„Macht nichts“, sagte Mama und löffelte ein bisschen Ketchup weg.

„Jetzt waschen wir ab“, sagte Mama.
„Hilfst du mir?“
„Ja!“, rief Mausi.

„Hol dir einen Hocker, dann erreichst du die Spüle besser“, schlug Mama vor.

Mausi gab etwas Spülmittel in das Becken, ließ das Wasser einlaufen und wusch das ganze Geschirr alleine ab. „Mama, schau mal, die Seifenblasen!“

Es klingelte. Darauf hatte Mausi gewartet. Endlich war es so weit: Mausis Freund Anton kam zu Besuch!

„Bauen wir uns eine Höhle?“, schlug Mausi vor.
„Ja!“, rief Anton begeistert.

Sofort machten
sich die Freunde
an die Arbeit.

Die Höhle war erste Klasse!

Aber dann passierte das hier …
Anton nahm Mausis Teddybären.
„Gib ihn mir zurück!“,
forderte Mausi.
„Nein!“, rief Anton.

„Gib her!“ „Nein!“

„ÄÄÄH!“

„Gib her!“ „Nein!“

Mama schaute im Zimmer vorbei. „Was ist denn hier los?“

„Anton hat mir meinen Teddy weggenommen!“, brüllte Mausi.

„Mausi, lass ihn ihm doch. Du kannst ihn nachher wiederhaben“, sagte Mama.

„Ihr könnt ihn doch abwechselnd halten, oder etwa nicht?“

Dann spielten Mausi und Anton Fangen

und Verstecken

und Ritter.

„Kinder, kommt und seht euch das an.
Draußen gibt es einen herrlichen Sturm."

Mausi und Anton beobachteten
den schüttenden Regen und
freuten sich sehr.

„Zum Glück habe ich eine Regenjacke dabei“, meinte Anton.

Es klingelte an der Tür.
Antons Mutter holte ihn ab.

„Alles ist gut gelaufen“,
versicherte Mama.

„Tschüss, wir sehen uns Montag
im Kindergarten!“, rief Mausi.
„Ja, bis dann. Tschüss!“,
rief Anton.

Mausi aß Abendbrot
und las Comics.

„Und jetzt gehen wir Zähne putzen“,
sagte Mama.

„Ich putze sie allein!“,
rief Mausi.

Mausi machte vor dem Spiegel
die allerbesten Grimassen.

So

und so

und so.

„Gut, und jetzt ins Bett“, sagte Mama. „Mein Teddy! Teddy muss doch auch ins Bett. Wo ist er?“ Mausi war ganz erschrocken.

Aber sie fanden den Teddy in den Überresten der Höhle.

Als Mausi im Bett war, sagte es:
„Ich erzähle Teddy und dir eine Gutenachtgeschichte …
Es war einmal ein Häschen. Das hüpfte im Wald herum und traf den Fuchs. Der Fuchs verfolgte das Häschen, und das Häschen lief weg. Dann biss der Fuchs das Häschen. Das Häschen biss zurück. Der Fuchs ging weg. Dann lief das Häschen nach Hause und ging schlafen. Ende."

„Das war eine schöne Geschichte“,
sagte Mama.
„Gute Nacht, Mausi!“

Umschlagzeichnung: Riikka Jäntti

Umschlaggestaltung: Laura Lyytinen

Übersetzt aus dem Finnischen von Ilse Winkler

Impressum: Die deutsche Ausgabe von LITTLE MOUSE 3: EINE HELFENDE PFOTE

wird herausgegeben von CROCU, Inh. Andreas Mergenthaler;

Redaktion und Lektorat: Jenny Franz; Druck: Hagemayer, Wien

ISBN: 978-3-98743-028-2 | www.crocu.de

Originalausgabe veröffentlicht von Tammi Publishers, 2015

Die deutsche Ausgabe wird veröffentlicht unter Vermittlung von Riikka Jäntti
und der Elina Ahlback Literary Agency, Helsinki, Finnland